**글 한리라**

성균관대학교 국어국문학과를 졸업하고 예능·교양 방송작가로 활동하고
있습니다. 키즈 콘텐츠 작가를 겸하며 라인 프렌즈의 오디오 동화 〈레너드
요원의 미스터리 보고서〉를 6년 간 연재했습니다. 호기심 넘치는 어린이들
을 위한 즐거운 글쓰기 생활을 하고 싶습니다.

 **그림 퍼니툰**

항상 유쾌하고 통통 튀는 아이디어로 즐겁게 작업하는 아동 만화팀으로 퀄
리티 있는 작업을 기본으로 좋은 책을 만드는 데 최선을 다하고 있습니다.
주요 작품으로는 〈비밀요원 레너드 추억의 놀이 대작전〉, 〈카니쵸니 세계
대탐험〉이 있습니다.

비밀요원 레너드

추억의 놀이대작전 4

팽이치기

글 한리라 | 그림 퍼니툰

아울북

등장 인물

레너드

사건이 있는 곳이라면
어디든 달려가는 미스터리 탐정.
퀴즈, 퍼즐, 호기심을 자극하는
모든 게임을 좋아한다.

룰라송

레너드 탐정과
찰떡 호흡을 자랑하며
게임과 관련된 사건을
조사한다.

윌리엄

골동품 가게를 운영하는
레너드 탐정의
오랜 단짝 친구.

왈왈단

레너드 탐정을
방해하는 수상한 악당.

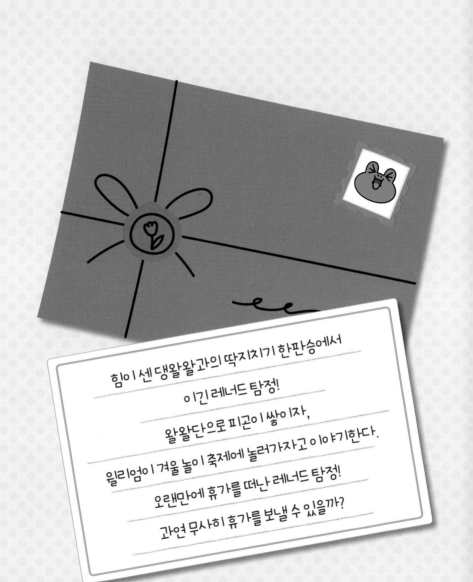

힘이 센 댕왈왈과의 딱지치기 한판승에서

이긴 레너드 탐정!

왈왈단으로 피곤이 쌓이자,

윌리엄이 겨울 놀이 축제에 놀러가자고 이야기한다.

오랜만에 휴가를 떠난 레너드 탐정!

과연 무사히 휴가를 보낼 수 있을까?

하얀 눈이 펑펑 내리는 어느 겨울날이었어. 레너드 탐정과
룰라송은 모처럼 여유로운 시간을 보내고 있었지.

이 윌리엄이 던진 눈덩이도 피하지 못하는데 앞으로 왈왈단과의 대결에서 이길 수 있겠어?

왈왈단과의 대결?

그러고 보니 그렇네요….

그래서 말인데 내가 아주 특별한 걸 가지고 왔다고!

뒤적

뒤적

짜잔!
우리 함께 여기
가보는 거 어때?

꽁꽁 마을
겨울 놀이 축제

xx월 xx일~xx월 xx일

꽁꽁 마을 꽝꽝강 일대
다양한 전통 놀이를 함께 즐겨요!
겨울철 먹거리도 가득해요!

축제에 가면 놀이를
잔뜩 해볼 수 있대.
모두 다 훈련이지 훈련!

훈련을 핑계로
놀고 싶은 거
아니고?

탐정님! 딱 하루만
다녀오면 안 돼요?
요즘 왈왈단 때문에
쉬지도 못했잖아요.

그건 그렇지.
머리도 식힐 겸
하루만 다녀올까?

겨울 간식도
많이 준비되어
있대요!

오~ 예!

꽁꽁 마을을 찾아서!

높은 산으로 둘러싸인 꽁꽁 마을을 찾아가는 건 쉽지 않았어. 며칠 동안 내린 눈이 잔뜩 쌓여 있었지.

꼼짝 않는 자동차 때문에 레너드 탐정은 고민에 빠졌어.

하지만 지도를 본 세 사람은 더욱 난감해졌어.

레너드 탐정은 조금 더 주변을 살펴보자고 했어.

그때 레너드 탐정 발에 무언가가 걸렸지.

안내문을 보고 꽁꽁 마을로 가는
가장 빠른 길을 찾아 봐!

레너드 탐정이 발견한 건 꽁꽁 마을 도보여행 안내판이
었어. 안내판에 적힌 문제를 풀면 꽁꽁 마을까지 가는 가장
빠르고 안전한 길을 찾을 수 있었지.

15

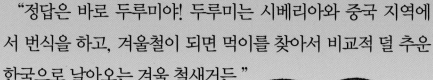

"정답은 바로 두루미야! 두루미는 시베리아와 중국 지역에서 번식을 하고, 겨울철이 되면 먹이를 찾아서 비교적 덜 추운 한국으로 날아오는 겨울 철새거든."

그럼 원앙은요?
원앙이 엄청 예쁜
오리 맞죠?

응! 원앙은 참새나 비둘기처럼
늘 한국에 머무는 '텃새'야.
그래서 사계절 내내 볼 수 있어.

그럼 제비도
텃새인가?

제비는 두루미와 반대로 여름 철새라서
따뜻한 계절엔 한국에 머물지만, 겨울이 되면
따뜻한 남쪽으로 갔다가 다시 돌아오지.

레너드 탐정 일행은 두루미 표지판이 가리키는 길을 따라 걷기 시작했어. 눈이 제법 쌓여 있었지만 완만한 경사의 길이 이어졌지.

오~

이 강이 꽝꽝강이군.

와, 강물이 산을 휘어 감은 모습이 정말 멋져요.

세 사람은 눈 앞에 펼쳐진 풍경에 감탄했어.

"높은 산에서 시작한 강물이 빠른 속도로 흐르다가 산을 깎아내기도 하고, 돌아 흐르기도 하면서 만들어진 지형이야."
(강이 흐르는 풍경 속에서 한반도 지형을 찾아 봐!)

어디선가 활기찬 음악 소리와 사람들의 즐거운 웃음소리가
들려왔어. 바로 축제장에서 들리는 소리였지.

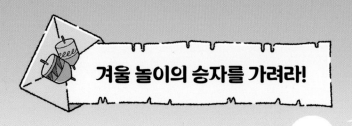

겨울 놀이의 승자를 가려라!

꽁꽁 언 꽝꽝강은 멋진 축제장으로 변해 있었어. 사람들은 추위도 잊은 채 재미있는 겨울철 놀이와 간식을 즐기고 있었지.

와! 정말 먹거리 천국이에요!

자신을 '멍쌤'이라고 소개한 사람은 근처 초등학교 선생님이자 꽁꽁 마을에서 나고 자란 토박이라고 했어.
"혹시 제가 축제 안내를 해드려도 될까요?"

정말 감사하지만 멍쌤도 축제를 즐기셔야죠.

아니에요. 레너드 탐정님과 함께할 수 있다는 것만으로도 행복한걸요!

불쑥!

아이고, 당연히 그러셔도 되죠. 가이드가 있으면 축제를 더 재밌게 즐길 수 있잖아요!

썰매

엿

제기

연

팽이

저희 마을 축제에서는
썰매놀이, 연날리기 같은
겨울철 대표 놀이는 물론
엿치기, 제기차기처럼
상대방과 실력을 겨루는
놀이도 할 수 있지요.

그렇게 레너드 탐정 일행은
멍쌤의 안내를 받아 축제장
곳곳을 둘러보게 됐어.

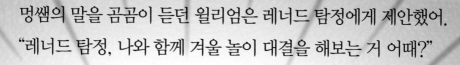
멍쌤의 말을 곰곰이 듣던 윌리엄은 레너드 탐정에게 제안했어.
"레너드 탐정, 나와 함께 겨울 놀이 대결을 해보는 거 어때?"

이기는 사람이 지는 사람
딱밤을 때리면 더 재밌을 것 같지 않아?
혹시 나한테 질까 봐 두렵다면 말고.

빠직!

두렵다니! 윌리엄이야말로
나한테 지고 울지 말라고!

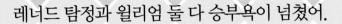

레너드 탐정과 윌리엄 둘 다 승부욕이 넘쳤어.

그럼 엿치기부터 해보실래요? 엿가락을 부러뜨려서 그 속에 있는 구멍이 많거나 구멍이 더 큰 사람이 이기는 놀이예요! 엿이 딱딱하게 굳는 겨울철에 주로 해온 놀이죠.

뽀각!

엿치기를 하고 나면 달콤한 엿도 먹을 수 있으니 일석이조*네요.

아하!

* 일석이조: 동시에 두 가지 이득을 봄.

그럼 일단 엿부터 골라 볼까?

어느 엿이 좋을까?

"다음 대결은 뭐로 하지?"

"썰매놀이가 어떨까요? 꽝꽝강에 왔다면 꼭 얼음 썰매를
타야죠!"

썰매는 물을 대어 얼린 논에서도 탈 수 있어요.
송곳이 박힌 막대로 얼음을 찍어 가며 속도를 내거나
방향을 바꿀 수 있어서 박진감이 넘치는 놀이지요.

후후. 좋아,
저기 보이는 깃발을
빨리 돌아오는 사람이
이기는 걸로 하지!

그 후로도 두 사람의 대결은 계속 이어졌어.

그렇게 레너드 탐정과 룰라송, 윌리엄은 멍쌤의 친절한 안내로 시간 가는 줄 모르고 겨울 축제를 즐겼어.

(축제를 즐기고 있는 레너드 탐정, 룰라송, 윌리엄을 찾아 봐!)

멍쌤은 레너드 탐정과 친구들을 팽이치기 행사장으로 안내
했어. 팽이치기 행사장엔 유독 많은 사람들이 줄을 서 있었지.

팽이치기의
인기가 가장 많아서
오래 기다려야
할 거예요.

저희 차례가
오긴 올까요?

잠시 뒤, 행사장을 살피던 윌리엄이 돌아와서 신나게 말했어.

문제를 맞히면
팽이치기 행사장에 빨리
입장을 할 수 있대!

아홉 개의 팽이를 분리해라!

팽이치기 행사장 입구에는 문제가 적힌 안내판이 있었어.
레너드 탐정과 함께 퀴즈를 풀어 봐.

상자 안에 빙글빙글 돌고 있는 팽이 아홉 개가 있습니다.
정사각형 두 개를 그려서 팽이끼리 부딪히지 않도록 하나씩 분리해 주세요.

★ 정답을 맞히면 바로 입장! ★

어때 레너드,
풀 수 있겠어?

흠, 사각형
두 개라….

"아하! 사각형 하나를 돌려서 그리면 되는 거네? 이렇게 마름모 모양으로 하나 그리고, 그 안에 작은 사각형을 그리면 모든 팽이를 하나씩 분리할 수 있어요!"

정답입니다!

레너드 탐정의 활약 덕분에 긴 줄을 설 필요 없이 곧바로
팽이치기 행사장에 들어갈 수 있었어.

역시 대단해요,
레너드 탐정님.

문제를 문자 그대로
보기보단 한 번씩 비틀어
생각하는 게 도움이
될 때가 있어요.

하핫!

와~!

자~
어가시죠!

감사합니다!

자 그럼, 다 같이
팽이치기를 하러
들어가 볼까요?

불꽃 튀는 팽이치기

팽이치기 행사장 안에 들어서자 팽이치기를 하는 사람들이
가득했어.

전통 팽이는
저렇게 나무를 직접
깎아서 만드는군요.

다들 무척이나
신나 보여요.

윌리엄이 멍쌤 손에 있는 전통 팽이를 보고 말했어.

"이 팽이는 어릴 적에 가지고 놀던 것과 생김새가 좀 다르네요. 저는 팽이 윗부분에 달린 손잡이를 손으로 잡고 돌리는 팽이를 가지고 놀았거든요."

한국에도 비슷한 팽이가 있어요. 바가지팽이랑 비슷할 거예요. 한국 전통 팽이 모양은 꽤 다양하거든요!

바가지팽이

장구팽이

말팽이

팽이채

"팽이의 역사는 꽤 오래되었어요. 이라크에서는 기원전 35세기, 그러니까 약 6천 년 전에 점토로 만들어진 팽이가 발굴되었죠."

멍쌤은 팽이에 대해 자세히 설명해 줬어.

(멍쌤이 들고 있던 팽이와 무늬가 같은 팽이를 찾아 봐!)

맞아요! 이집트의 파라오, 투탕카멘의 무덤에서도 나무 팽이가 나왔어요. 팽이는 역사상 가장 오래된 장난감이에요.

6,000년? 뜨악!

역시 레너드 탐정님은 잘 알고 계시네요! 한국의 전통 팽이도 역사가 오래된 만큼 즐기는 방법도 다양해요.

팽이치기란?

상대방 팽이와 한 번
부딪힌 다음 어느 것이 더 오래 도는지를 겨루는
'오래 돌리기'

휙!

폴짝

휘청

쌩

팽이를 돌리다가
팽이채를 힘껏 쳐서 누가 더
멀리 보내는지 겨루는
'멀리 치기'

픽 펙

정해진 곳까지
누가 더 빨리 팽이를
몰고 갔다가 돌아오는지
겨루는 '빨리 돌아오기'

상대방 팽이의 몸통에
번갈아 가며 부딪히게 하여
오래 도는 쪽이 이기는
'찌게 돌리기'

"와, 정말 많네요!"

룰라송은 놀라 말했어.

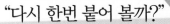

"다시 한번 붙어 볼까?"
"훗, 그거 좋지."

2차전!

잠깐, 그렇게 혹이
잔뜩 났는데 대결을
또 한다고요?

버럭!

하기 딱밤을 더 맞았다간
이마가 남아나지 않겠어.

그럼 혹시
얼굴에 낙서하기는
어때?

후후후

그거 아주
좋은 생각인데?

"첫 게임은 가볍게 오래 돌리기부터 해 볼까?"

레너드 탐정과 윌리엄은 다시 대결을 시작했어. 두 사람은 있는 힘을 다해 팽이채를 휘둘렀지.

두 사람은 엎치락뒤치락하며 팽이 싸움을 이어갔어.

* 선더볼트: 영어로 벼락을 뜻함.

대결이 계속될수록 두 사람의 얼굴도 엉망진창이 됐어.

그런데 그때! 어디선가 어린아이의 울음소리가 들려왔지.

팽이치기 행사장 밖으로 나가 보니, 울고 있는 꼬마와 아이를 달래고 있는 엄마가 보였어. 아이가 좀처럼 울음을 멈추지 않아 엄마는 어쩔 줄 몰라 하고 있었지.

으앙! 찾아 줘,
내 연. 찾아 줘요,
찾아 줘!

파닥

파닥

연날리기를 하다가
연줄이 끊어져서 어딘가로
날아갔나 봐요.

레너드 탐정은 울고 있는 아이를 못 본 척할 수 없었어.
"꼬마야, 내가 연을 한 번 찾아볼게. 그만 울어, 뚝!"

레너드 탐정이 말한 방향으로 조금 걷다 보니 축제장을 벗어나 인적이 드문 곳까지 오게 되었어.

두리번

분명 이쯤에서 떨어졌을 텐데…

두리번

얼마 후, 룰라송이 새하얀 눈이 쌓인 꽝꽝강 위에서 낯익은 발자국을 발견했어.

레너드 탐정님! 여기 좀 보세요.

이건, 왈왈단의 마크?

이게 그 유명한 악당 왈왈단의 마크군요!

"여기에 왜 왈왈단 마크가 있는 거지?"
레너드 탐정과 친구들은 갑자기 나타난
왈왈단의 흔적에 긴장했어.

설마 왈왈단이
저희 마을에서
나쁜 짓을 벌이려는 건
아니겠죠?

꽁꽁 마을이
위험에 빠지지 않게
도와주세요.
레너드 탐정님!

오들
오들

일단 이 발자국을
더 따라가 봐야겠어요.

47

왈왈단의 발자국을 찾아라!

왈왈단의 발자국을 따라가 보니 넓은 벌판이 나왔지. 왈왈단의 마크는 다양한 야생 동물의 발자국과 어지럽게 섞여 있었어.

이렇게 커다란 두 개의 발굽과 작은 발굽 두 개가 찍힌 건 멧돼지의 발자국 같아.

"왈왈단의 마크는 발가락이 네 개인 개의 발자국인데 여러 동물의 발자국이 뒤엉켜 있어서 헷갈리네."
레너드 탐정과 함께 왈왈단이 간 길을 찾아 봐!

이 발가락 모양은 새의 발자국 같아요. 아주 커다란 새요.

큰 새라면 겨울 철새인 두루미 아닐까요?

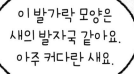

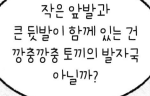

작은 앞발과 큰 뒷발이 함께 있는 건 깡충깡충 토끼의 발자국 아닐까?

왈왈단의 발자국을 따라 꽝꽝강을 거슬러 올라가자 커다란 동굴이 보였어.

"왈왈단의 발자국이 저 동굴로 향해 있어요!"

앗? 저 동굴이 팽이 모터가 설치되어 있는 곳이에요. 동굴 안에 커다란 동굴 호수가 있는데 거기서 나온 물줄기가 꽝꽝강의 곳곳으로 연결되죠.

왈왈단이 저 동굴에서 무슨 일을 벌이는 건가?

설마 왈왈단이 팽이 모터를 노리는 걸까요?

이 동굴은 석회암이
흐르는 물과 만나 녹아서
만들어진 석회 동굴이에요.

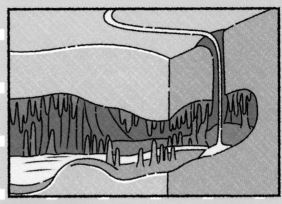

동굴 안이
매우 복잡하고 위험해서
전문가들도 아직 들어가지
못한 곳이 많아요.

그렇게
위험한 곳이면
들어가지 않는 게
좋겠어.

하지만 왈왈단이
저 안에서 무슨 음모를
꾸미는 거라면 어떡해요!

'그래, 왈왈단이 위험한 일을 꾸미고 있을지 모르니까!'
레너드 탐정은 용기를 내 동굴에 들어가기로 마음먹었어.

저도 레너드 탐정님과 함께 하겠어요!

그럼 나는 여기서 두 사람이 무사하길 기도하고 있을게!

저는 폐소 공포증*이 있어서....

덜덜

* 폐소 공포증: 닫힌 곳에 있으면 무서움을 느끼는 증상.

아참, 동굴 안은 위험할 수 있으니 이걸 챙기라고!

짜안!

무려 영국의 산업혁명 시대 광부들이 쓰던 골동품이야 낡긴 했어도 쓸 만해!

찡긋★

윌리엄 씨, 늘 안전모를 가지고 다니는 거예요?

그렇게 레너드 탐정과 룰라송은 월리엄이 준 안전모를 쓰고, 동굴 안으로 들어갔어.

레너드 탐정,
룰라송 파이팅!

미스터리 동굴 탐험

레너드 탐정과 룰라송은 안전모에 달린 헤드 랜턴에 의지해 조심스럽게 동굴 안으로 들어왔어. 좁은 입구와 달리 동굴 안은 아주 넓어서 목소리가 울릴 정도였지.

어두워서 으스스하기 하지만 바깥보다 동굴 안이 더 따뜻하네요.

동굴 안은 공기가 잘 통하지 않아서 일 년 내내 거의 비슷한 온도를 유지해. 그래서 여름엔 시원하고, 겨울엔 따뜻한 편이야.

동굴 한쪽에는 얼어붙은 동굴 호수와 세찬 소리를 내며 돌고 있는 팽이 모터가 있었어.

윙윙 윙

이 팽이 모터가
꽝꽝강을
얼리는 거구나!

그런데
왈왈단은 전혀
보이지 않네.

음?
저건 뭐지?

"레너드 탐정님, 왈왈단 발자국이에요! 더 깊은 동굴로 들어간 거 아닐까요?"

룰라송이 손으로 가리킨 곳에 샛길이 보였어.

들어간 발자국은 있지만, 밖으로 나온 발자국은 없으니 충분히 가능성이 있어.

이 길을 따라가 보자.

샛길로 깊숙이 들어갈수록 복잡한 길이 미로처럼 얽혀 있
었지.

(레너드 탐정, 룰라송과 함께 길을 찾아 봐!)

 **왈왈단이 들어간 굴을 찾아라!**

레너드 탐정과 룰라송은 복잡하고 어지럽게 얽혀 있는 동굴에서 침착하게 길을 찾아 나갔어. 갑자기 네 개의 작은 굴이 눈앞에 나타났지.

1

2

누군가 들어간
흔적이 있는 굴을
찾아야 할 것 같아.

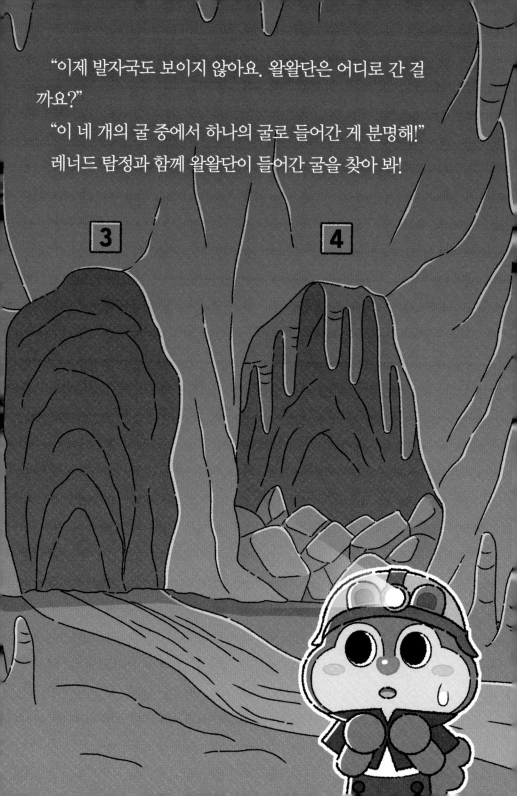

자세히 살펴본 레너드 탐정이 자신 있게 말했어.
"왈왈단은 두 번째 굴로 들어갔어!"

세 번째 굴은 센 물줄기가 보여.
안에 호수나 폭포가 있을 테니
굳이 들어가지 않았을 거야.

왈왈단이 지나갔다면
거미줄을 걷었을 테니,
첫 번째 굴은 아니군요?

마지막 굴은 떨어진 돌이
겹겹이 쌓여 만들어진 **낙반 지대**야.
땅이 단단하지 않아서 왈왈단이
들어갔다면 이미 무너졌을 거야.

하지만 두 번째 굴도
석순과 종유석이 많아서
입구가 좁아요.

자세히 보면
일정하게 잘린 단면이
보이지? 누군가 일부러
잘라내고 들어갔다는
뜻이야!

두 사람은 조심스럽게
두 번째 굴로 들어갔어.

마치 기다렸다는 듯 동굴 안에
환한 조명이 켜졌지.

앗! 눈부셔!

번쩍!

레너드 탐정님!
저기 보세요. 왈왈단의
마크가 있는 무선 조종
자동차예요!

부릉

부릉

무선 조종 자동차?

"지금까지 이 모든 게 너희를 함정에 빠트리기 위한 나의 계획이었지! 레너드 탐정이 갑자기 팽이 싸움에 푹 빠지는 바람에 좀 늦어지긴 했지만 말이야…."

갑자기 동굴 입구에 커다란 강철문이 내려와 굳게 닫히고 말았어.

트르르륵

쿠-웅!

안 돼!

ㅋㅋㅋㅋㅋㅋ.

삑! 삑! 삑!

위대한 왈왈단의 일을 늘 방해하는 데다가 매번 우리가 어렵게 만든 게임들을 그렇게 쉽게 풀어 버리니까! 아주아주 얄~~미워! 이번에야말로 제대로 코를 납작하게 눌러 주겠다.

레너드 탐정과 룰라송은 당황했지. 멍왈왈은 비웃듯이 자신의 다음 계획을 이야기했어.

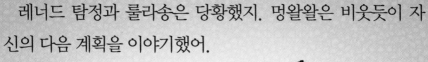

"문이 그렇게 쉽게 열릴 줄 알아? 퀴즈를 풀어야만 열 수 있으니 잘해 보라고! 하지만 이번에는 절대 풀 수 없을 거야! 캬캬캬."

팽이를 바구니에 나눠 담아라!

잠시 후 입구를 막고 있는 강철문에 터치스크린이 나타나더니 문제 하나가 떠올랐어.

레너드 탐정과 함께 문제를 풀어 봐!

띠링!

팽이 10개를 3개의 바구니에
홀수 개씩 담아라.

정답 제출

짝수 개인 팽이를
어떻게 세 개의 바구니에
남김없이 나눠 담죠?

우리를 골탕 먹이려고
풀 수 없는 문제를 낸 게
틀림없어요.

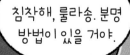

침착해, 룰라송. 분명
방법이 있을 거야.

문제를 보며 골똘히 생각하던 레너드 탐정은 무언가 떠오른 듯 말했어.

"바구니를 겹쳐 보면 어떨까?"

두 번째 바구니에는 팽이 두 개를 넣는 거야. 그리고 두 개의 바구니를 겹치는 거지.

첫 번째 바구니에 팽이 하나를 넣고,

팽이 10개를 3개의 바구니에 홀수 개씩 담아라.

정답 제출

마지막으로 세 번째 바구니에 남은 팽이를 담으면 세 바구니에 각각 팽이가 홀수 개씩 들어간 거 맞지?

톡!

성답 제출

철컹

드르륵

둘은 바로 동굴 밖으로 나갈 준비를 했어. 하지만 윌리엄이
준 낡은 안전모의 헤드 랜턴이 켜지지 않았지.

룰라송은 불빛을 향해 가까이 다가갔어.
(숫자와 알파벳을 순서대로 연결해 봐!)

불빛의 정체는 바로 동굴에 사는 박쥐였지.

으으으으아아악~~~~!

하지만 레너드 탐정은 오히려 차분했어.

차라리
다행이야.

흔들
흔들

박쥐가
저렇게 많은데
다행이라니요!

파닥   푸드덕

야행성인 박쥐는 해가 지면 사냥을 하러
밖으로 나가. 그때 박쥐 떼를 따라가면
쉽게 동굴 밖으로 나갈 수 있을 거야!

레너드 탐정의 말이 끝나자마자 박쥐들이 하나둘 날아오르
기 시작했어.

푸드덕

가자, 룰라송!

!

71

팽이 모터를 돌려라!

레너드 탐정과 룰라송은 박쥐들 덕분에 깊은 동굴에서 빠져나올 수 있었어.

고마워, 얘들아!

흔들

레너드 탐정은 팽이 모터를 확인하기 위해 처음 동굴에 들어왔을 때 본 동굴 호수로 갔어. 그때 누군가 신이 난 목소리로 통화하는 소리가 들렸지.

레너드 탐정이 가리킨 곳엔 옷과 신발, 가발, 안경이 마구 널브러져 있었어.

룰라송은 레너드 탐정이 말릴 틈도 없이 멍왈왈을 잡으려고 달려나갔어.

감짝

저기요, 멍쌤, 아니 멍왈왈!

쌔앵~!

어떻게 빠져나온 거지? 그 어려운 문제를 풀었다니 말도 안 돼!

대장님에게 한껏 떠벌렸는데 큰일이군!

일단 도망치고 보자!

펄럭

레너드 탐정과 룰라송은 바로 눈앞에서 멍왈왈을 놓쳤어. 하지만 멍왈왈의 뒤를 따라갈 시간이 없었지. 멍왈왈이 반대로 돌린 팽이 모터 때문이었어.

레너드 탐정은 재빨리 팽이 모터를 살펴봤어. 하지만 팽이의 모터 방향을 바꾸는 레버는 손을 델 수 없도록 덮개로 덮여 있었지.

버튼에 적힌 암호를 풀어라!

자세히 살펴보니 암호가 새겨진 두 버튼이 보였어.

동그란 팽이와 기다란 팽이채는 무슨 뜻일까요?

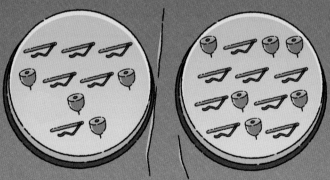

덮개를 열려면 두 개의 버튼 중 하나를 누르시오.
잘못 누르면 팽이 모터는 폭파됩니다.

"동그란 팽이와 기다란 팽이채? 혹시 모스 부호 아닐까?"

"모스 부호요?"

"짧은 신호와 긴 신호의 선을 조합해 문자를 표시하는 방법이야. 알파벳, 한글, 숫자 모두 각각의 부호가 정해져 있어."

알파벳 모스 부호(Morse code)

긴급신호인 S.O.S를 모스 부호로 하면
· · · ‒ ‒ ‒ · · · 로
표시할 수 있지.

팽이는 모스 부호의 짧은 신호, 팽이채는 긴 신호로 맞춰 봤어. 그랬더니 영어 단어가 완성됐지.

OPEN은 열다, LOCK은 잠그다라는 뜻이니까 왼쪽 버튼을 누르면 되겠어요!

레너드 탐정과 룰라송은 함께 힘을 모아 레버를 당겼어.

레너드 탐정은 동굴 밖으로 나오며 둘러보다가 바위 사이에 떨어져 있는 연을 발견했어.

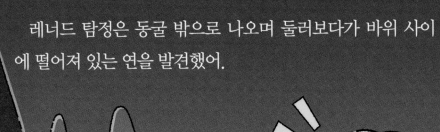

꼬마 친구의 연이 여기 있었네. 가져다줘야겠다.

드디어 밖으로 나왔어요! 그런데 윌리엄 씨는 어디 간 거죠? 동굴 밖에서 기도해 주신다더니.

두리번

두리번

다다다

마이 프렌드 레너드! 동굴 탐험은 무사히 하고 온 건가?

그리고 얼마 후, 윌리엄은 꽁꽁 마을로부터 팽이치기 1등
상패와 편지를 받았어.

감사장

〈꽁꽁 마을 겨울 축제〉에서
누구보다 즐겁게 팽이치기를 해
1등을 차지한 윌리엄 님에게
이 상패를 드립니다.

행복한 추억의 사진을
함께 보내드립니다.

후훗

대단해!

짝

꽁….

짝

사진 속에서 숨은 그림을 찾아 봐!
(버섯, 피자, 불가사리, 줄무늬 넥타이, 연필, 단풍잎, 식빵.)

18쪽
한반도 지형을 찾아 봐!

30쪽
레너드 탐정, 룰라송, 윌리엄을 찾아 봐!

57쪽
레너드 탐정과 미로 찾기를 해 봐!

70쪽
숫자와 알파벳을 순서대로 연결해 봐!

85쪽
사진 속에서 숨은 그림을 찾아 봐!

나만의 팽이를 꾸며 봐!

★ 다음 권 놀이를 맞춰 봐! ★

댕왈왈과 멍왈왈의 정체가 드러나 고민이 깊어진 레너드 탐정!

하지만 설날 분위기를 내기 위해 떡국도 먹으며

오랜만에 사무소의 분위기가 들뜬다. 그런데 그때,

윌리엄으로부터 자신이 납치당했다는 수상한 전화가

걸려 오는데…. 과연 윌리엄에게 무슨 일이 생긴 걸까?

다양한 SNS 채널에서
아울북과 을파소의 더 많은 이야기를 만나세요.

인스타그램
@owlbook21

페이스북
@owlbook21

네이버카페
owlbook21

네이버포스트
아울북 and 을파소

글 한리라 그림 퍼니툰

초판 1쇄 인쇄 2024년 11월 12일
초판 1쇄 발행 2024년 11월 27일

펴낸이 김영곤
프로젝트2팀 김은영 박시은 김지수 권정화 이은영 오지애 우경진
디자인팀 박지영 임민지 **편집팀** 김지혜
아동마케팅팀 장철용 양슬기 손용우 최윤아 송혜수 이주은 명인수
영업팀 변유경 김영남 강경남 최유성 전연우 황성진 권채영 김도연
제작팀 이영민 권경민
IPX 강병목 임승민 김태희

펴낸곳 (주)북이십일 아울북 **출판등록** 2000년 5월 6일 제406–2003–061호
주소 (우 10881) 경기도 파주시 문발동 회동길 201
연락처 031–955–2100(대표) 031–955–2401(내용문의) 031–955–2177(팩스) **홈페이지** www.book21.com
ISBN 979–11–7117–885–8 (74810)

Licensed by IPX CORPORATION

• 제조자명 : (주)북이십일
• 주소 및 전화번호 : 경기도 파주시 회동길 201(문발동)
  031–955–2100
• 제조연월 : 2024년 11월 27일
• 제조국명 : 대한민국
• 사용연령 : 3세 이상 어린이 제품

새로운 시리즈 전격 출간

과학X파일

미스터리 사건 속에 숨겨진 과학

비밀요원 레너드가
과학 수사를 시작한다!

우리말 사무소

배꼽 잡고 웃다 보면 문해력이 쑥쑥

알쏭달쏭 우리말?
비밀요원 레너드와 끝장내자!!